SOPA DE LIBROS · TEATRO

Coedición de Fundación SGAE y Grupo Anaya, S.A.

Bárbara de Braganza, 7. 28004 Madrid
www.fundacionsgae.org

Juan Ignacio Luca de Tena, 15. 28027 Madrid
www.anayainfantilyjuvenil.com

1.ª edición, noviembre 2009
6.ª impresión, junio 2016

ISBN: 978-84-667-8504-4
Depósito legal: M-2622-2012

Impreso en España - Printed in Spain

Las normas ortográficas seguidas en este libro son las establecidas por la Real Academia Española en su edición de la *Ortografía* del año 1999.

El último curso

SOPA DE LIBROS · TEATRO

Luis Matilla

El último curso

Ilustraciones de
Mercè López

ANAYA

fundación sgae

Primer Premio SGAE
de Teatro Infantil y Juvenil
2008

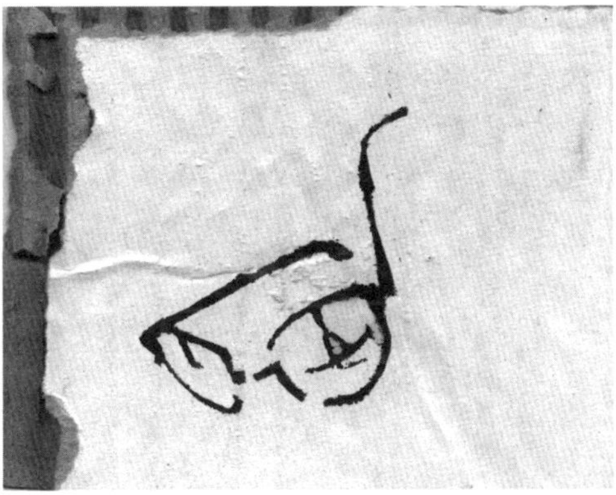

A Kepa Osoro, el maestro
que yo hubiera querido ser.

Prólogo

Conservo algunos recuerdos de mis primeros años de escuela en el país al que mi padre se trasladó por motivos de trabajo. Los compañeros no solían mostrar conmigo una especial animadversión, excepto los días previos a la celebración del aniversario de una victoria militar en la que sus antepasados habían vencido a las tropas españolas. En aquellos años la conmemoración se celebraba en la ciudad por todo lo alto, y los chicos de mi clase repetían algunos de los comentarios escuchados a sus familias. Cuando me hice mayor supe que se referían a los intentos de nuestras monarquías por dominar el país vecino mediante bodas principescas y algún que otro intento de invasión. A medida que se aproximaba la efeméride del memorable acontecimiento y, por supuesto, el día de la magna celebración, mis condiscípulos solían hacerme la vida bastante desagradable a base de collejas, patadas más o menos contundentes y algún que otro escupitajo que no siempre alcanzaba su objetivo. Pasadas tan cruciales fechas, todo volvía a la normalidad. Transcurridos algunos años, ya de regreso a nuestro país, le confesé a mi madre las razones de aquellos inesperados resfriados que solían dejarme en cama algunos de los días en los que los ataques patrióticos de mis compañeros alcanzaban su máxima virulencia.

El paso del tiempo consiguió diluir mis malos sueños y convertir los hechos vividos en simple anécdota. Hoy siento un especial afecto por el país en el que pasé algunos años de mi infancia. Las numerosas veces que he regresado, he podido disfrutar de la hospitalidad de sus gentes y del profundo placer de recuperar los paisajes, los sabores y los olores de la niñez. Sin embargo, algo ha quedado en mí de aquella experiencia: la convicción de que la violencia escolar y, en muchos casos, la que se sufre en la edad adulta, suele surgir por causas absolutamente ajenas a las personas que son víctimas del maltrato de palabra o de obra. También pude constatar de cómo solemos cargar sobre personas totalmente inocentes las culpas de otros que no se encuentran a nuestro alcance.

Algunos chicos y chicas pueden llegar a sentir que la causa del acoso que padecen está en sus gafas, en su timidez o en unos kilos de más o unos kilos de menos. Sin embargo, la culpa de cualquier violencia corresponde al que la ejerce, sean cuales fueren las razones con las que intente justificar su conducta.

Iñaki Piñuel y Araceli Oñate, en su libro *Mobbing escolar* (2007), nos definen el acoso en el ámbito de la escuela como «un continuado y deliberado maltrato verbal o modal que recibe un niño o una niña por parte de otro u otros, que se comportan con él/ella cruelmente con objeto de someter, asimilar, arrinconar, excluir, intimidar, amenazar u obtener algo de la víctima mediante chantaje y que atentan contra su dignidad y sus derechos fundamentales». Las consecuencias de estas acciones resultan devastadoras, no solamente para el que las sufre, sino para el que las practica y también para aquellos que con su silencio o su indiferencia se convierten en cómplices de la violencia contemplada con absoluta pasividad.

Los efectos del maltrato físico o verbal producirán en el acosado miedo, ansiedad, retraimiento, depresión, falta de concentración, sentimiento de frustración, fracaso escolar, trastornos psicosomáticos, baja autoestima, constante sentimiento de amenaza, etc. Tampoco el acosador se librará de las consecuencias de sus actos, ya que las chicas y los chicos maltratadores tendrán más posibilidades de mostrar conductas violentas en el futuro. El aprendizaje que habrán de realizar para conseguir dominar a los otros mediante el uso de la coacción y la violencia física o psicológica les transformará en seres poco dispuestos a sentir consideración por sus semejantes y, en cambio, a convertir la intolerancia y la humillación en normas de conducta. En cuanto a los testigos mudos del acoso a los compañeros y compañeras, las secuelas de su indiferencia e incluso de su complicidad serán la insensibilidad ante el sufrimiento ajeno y la percepción de la crueldad como algo normal e inevitable en nuestra sociedad y mediante la cual se pueden solucionar todos nuestros conflictos.

La violencia en el ámbito de la escuela no solo atañe a los alumnos y a las alumnas que la soportan, ni a los que la desencadenan, sino a la propia institución educativa, así como a las familias de los agredidos y los agresores. También a las autoridades encargadas de velar por una paz social que garantice el derecho a educar de los profesores y el de recibir formación a los alumnos. La negación de la existencia de hostigamiento en los centros o la falta de una firme actitud por parte de la sociedad contra él, no lograrán más que perpetuar una situación que se materializa en unos datos inquietantes. Según varias encuestas, el acoso está llegando a afectar a entre un 7% y un 10% de la población escolar. Otro dato nos indica que 75 de cada 100 alumnos han sido testigos de algún acto de violencia, en su mayoría de tipo emocional. Si importante es el número de víctimas, aún lo es más la cifra de testigos que, en la mayoría de los casos, decidieron mirar para otro lado sin hacer nada por socorrer a los que estaban siendo víctimas de vejaciones. La cobardía no parte de los que no pueden defenderse, sino de aquellos que pudiendo hacerlo por otros permanecen impasibles, convirtiéndose en colaboradores por omisión de los agresores.

Luis Rojas Marcos, profesor de psiquiatría de la Universidad de Nueva York, nos ofrece una lúcida reflexión sobre el acoso escolar. «La inacción y el disimulo protegen siempre a los verdugos, nunca a las víctimas. Ningún joven debería temer ir al colegio por miedo a ser golpeado o denigrado, y ningún padre debería necesitar preocuparse de que su hijo pueda estar sufriendo vejaciones en el colegio. [...] El acoso escolar nos deshumaniza a todos y su erradicación nos incumbe a todos».

El último curso es una obra teatral que, posiblemente, vaya a tener su primer contacto con el público juvenil mediante la lectura, ya que hasta el momento no ha sido representada. Esta circunstancia viene a reforzar mi voluntad, como autor, de que el texto sirva para plantear un debate entre alumnos y alumnas de Educación Secundaria. La intervención en el desarrollo argumental de personajes representativos de la comunidad escolar, involucrados en el conflicto dramático, nos brinda la oportunidad de analizar los hechos que se narran para tomar una postura sobre las actitudes y decisiones de los protagonistas. De este modo, el texto supondrá un punto de partida para reflexionar sobre las consecuencias de los actos de violencia, de acoso escolar, y sobre la responsabilidad que frente a ellos deberían asumir diferentes estamentos de nuestra sociedad.

Desearía que este análisis lo plantearais no solo los jóvenes que os disponéis a leer esta historia, sino que invitarais a entrar en ella a vuestros sensibles profesores y, tal vez, a algunos padres, preocupados por una problemática de tanta trascendencia en la vida de sus hijos. Estoy convencido de que las aportaciones realizadas por diferentes personas con distintas edades y experiencias pueden enriquecer la percepción global de un conflicto con el que, quizá, algunos de vosotros o vosotras ya os hayáis enfrentado en algún momento de vuestra vida escolar.

Argumento

En esta ocasión, el autor no puede haceros un avance completo del argumento de la obra, ya que ello supondría descubrir la esencia de la trama y el punto de reflexión que se pretende plantear a los lectores. No obstante, voy a ofreceros un pequeño resumen de lo que es posible descubrir, al tiempo que procuro transmitiros algunas de las inquietudes que han estado presentes durante el proceso de creación del texto que ahora os disponéis a leer.

No he pretendido reflejar en esta pieza teatral un caso concreto de violencia escolar, de los muchos que observé antes de empezar a escribir sobre un tema de tanta relevancia. En los hechos que se narran en *El último curso* hay reflejos de algunos casos verdaderos que me ayudaron a construir una historia de ficción a partir de la reelaboración de diferentes fragmentos de la realidad. Con ellos fui componiendo la columna vertebral del relato.

Al no verme obligado a ser fiel a un suceso concreto me he sentido más libre para transmitir mi propia visión de una problemática tan cruda y al mismo tiempo tan incómoda de aceptar por la propia sociedad que la genera.

Tampoco me propuse escribir una obra teatral que se limitara a presentar una galería de acosadores y acosados, sino, por el contrario, abrir el punto de mira para observar a otros personajes involucrados en un conflicto que, con mayor o menor intensidad, ha entrado a formar parte de la vida cotidiana de nuestros colegios e institutos.

El argumento de *El último curso* cabe en pocas líneas, aunque su desarrollo para la puesta en escena requiera bastantes más. Un profesor, una madre y un representante de la administración educativa coinciden en un lugar que solo al final de la obra podremos reconocer. Mientras esperan la aparición de nuevos personajes, se verán obligados a meditar sobre los dramáticos hechos ocurridos en un centro escolar de la ciudad. En paralelo a su actuación, Elena, joven protagonista de la historia, irá relatando su visión de los acontecimientos, que entrará en contradicción con las apreciaciones de los adultos. La llegada de los padres de un alumno involucrado en los sucesos nos conducirá hacia el inesperado desenlace de la obra.

Personajes

Elena

Quince años. No es una chica demasiado comunicativa, sino más bien tímida. Le cuesta estudiar, por esa razón debe dedicar más tiempo a ello que el resto de sus compañeras. Se considera poco divertida y piensa que no es necesario dar gritos para demostrar que se está contento. No le gustan las pandillas, ni los locales en los que ponen la música tan fuerte que resulta imposible hablar. Siente grandes deseos de viajar a todos los lugares que ha visto en los folletos que recoge en las agencias de turismo y que guarda celosamente en su memoria. Le entristecen las canciones lentas y prefiere aquellas que sirven para alegrar la vida. No consiguió hacer amigos en el instituto, tal vez por su carácter retraído o porque los otros la consideran una chica diferente. Cuando conoció a Suso, las cosas empezaron a cambiar, primero para bien, pero más tarde todo fue empeorando Las bromas que solían gastarle se hicieron mucho más duras e insoportables. Para alguien que siempre

intentó rehuir los enfrentamientos y las situaciones violentas es difícil aceptar que algunos de sus compañeros puedan sentir satisfacción degradando a los más débiles. Tal vez por eso se hizo tan amiga de Suso, para apoyarse mutuamente ya que, como ella solía decir, «juntas, dos personas extrañas, terminan siendo menos extrañas».

MARTÍN

Cincuenta y dos años. Lleva tres décadas dedicado a la educación. Llegó a ella por auténtica vocación. A pesar de los cambios que se han producido desde que empezó a enseñar, sigue intentando inculcar a sus alumnos valores éticos que, unidos al esfuerzo y a la constancia, representan los instrumentos con los que se puede llegar a alcanzar la integridad personal. No le resulta fácil mantener sus concepciones pedagógicas al comprobar la poca consideración que la sociedad otorga a la labor educativa y la desilusión que reina entre muchos de sus colegas. Ellos se quejan de la falta de respeto de algunos alumnos y de la pasividad de ciertos padres que intentan compensar el poco tiempo que pasan con sus hijos con simples caprichos materiales. Él sabe que existen profesores desmotivados que han perdido la ilusión por enseñar, que miran para otro lado cuando surgen los conflictos. Pero también hay muchos que luchan por transmi-

tir a sus alumnos el deseo por llegar a ser seres plenamente lúcidos, selectivos y creativos. Le cuesta asimilar la intolerancia latente de una parte del alumnado y las actitudes hostiles que, en ocasiones, mantiene con sus com-

pañeros. A ellas se enfrenta con una falta de recursos que facilita a los más agresivos ejercer su dominio con casi total impunidad. Los hechos violentos ocurridos en el instituto le han hecho replantearse numerosas cuestiones. Esa será la causa de su enfrentamiento con Karen, la consejera de Educación, y más tarde con un padre, incapaz de reconocer la responsabilidad de su hijo en los dramáticos acontecimientos acaecidos en su centro.

KAREN

Cuarenta años. Fue profesora, pero desde hace años ocupa puestos ejecutivos, primero en la Consejería de Agricultura y actualmente como responsable del departamento de Educación de su comunidad. Es una mujer de carácter firme, convencida de sus concepciones y poco dada a aceptar las opiniones ajenas, sobre todo si estas parten de los que considera sus subordinados. Lo más importante para ella son los medios tecnológicos a través de los cuales los alumnos pueden conectarse con el mundo. La excelencia en la educación será lo que permita a los jóvenes jugar con los mejor preparados. En todo momento intentará demostrar que los hechos ocurridos en el instituto son algo excepcional, en absoluto representativos del funcionamiento habitual de los centros educativos del país.

Rosa

Cuarenta y dos años. Presidenta de la Asociación de Padres del instituto en el que tuvieron lugar los acontecimientos que se narran en la obra. Es una persona tímida a la que las situaciones incómodas le producen una profunda conmoción, e intenta evitarlas tan pronto surgen. En el enfrentamiento entre Martín y Karen, ella procurará suavizar las posiciones enfrentadas sin demasiado éxito. Una de las quejas que expresa es el desinterés de muchos padres por formar parte de la asociación, y el escaso seguimiento que suelen hacer del rendimiento de sus hijos. Le preocupan las dificultades que se le plantean para compaginar la vida laboral con el cuidado de la familia y le sorprende la tranquilidad con la que Karen da absoluta libertad a sus hijos, amparándose en el exigente trabajo del matrimonio, ambos ejecutivos de alto nivel. A lo largo de su actuación se mantendrá inquieta y desbordada debido a los acontecimientos ocurridos.

César

Cuarenta y cuatro años. Padre de alumno. Profesional cualificado. Su comportamiento será brusco e impetuoso. En todo momento se negará a aceptar otra verdad de unos hechos de los que ha construido una versión imaginaria, ajena a la verdadera personalidad de su hijo y a la responsabilidad que le corresponde en el drama ocurrido en el instituto. Como padre, siempre inculcó a su hijo la necesidad de estar preparado para enfrentarse a los peligros que nos acechan a cada momento. Lo educó para no dejarse avasallar y a responder a la más mínima provocación, ya que según sus convicciones la debilidad es el peor de los pasaportes con los que uno puede transitar por la vida. Culpa de todo lo acontecido a los profesores, como responsables únicos de los hechos.

Paula

Treinta y nueve años. Esposa de César. Intenta calmar la tensión de su esposo, al tiempo que lamenta el desenlace de una historia para la que nadie podía presagiar un final tan desdi-

chado. Será el personaje más hundido por los hechos. Caminará insegura y en varios momentos estará a punto de caer desfallecida. Al igual que su marido, no admitirá otra visión de su hijo que la que han construido, absolutamente idealizada.

Suso y Richy

Personajes que no aparecen en escena, pero que, sin embargo, son, junto a Elena, los verdaderos protagonistas de la obra. Ambos cursan estudios en el instituto en el que ocurrieron los hechos. Suso tiene la misma edad que Elena, y Richy un año más. Las conductas de ambos serán claves para el desarrollo del conflicto que constituye la línea vertebral de la obra.

El último curso

Personajes

Elena	Alumna
Martín	Profesor
Karen	Consejera de Educación
Rosa	Presidenta de la Asociación de Padres
César	Padre de alumno
Paula	Madre de alumno

Nota:
Los textos correspondientes a las acotaciones escénicas figuran en color rojo.

A menudo escucho que os referís al hombre que comete un delito como si no fuera uno de vosotros, como un extraño y un intruso en vuestro mundo... Mas yo os digo que de igual forma que ni una sola hoja se torna amarilla sin el conocimiento silencioso del árbol, tampoco el malvado puede hacer el mal sin el conocimiento de todos nosotros.

JALIL GIBRÁN
Poeta libanés

Escena I

Los únicos elementos que aparecen en escena son cinco sillas de madera con asientos tapizados, situadas frente al espectador. En el centro, una mesa con patas de madera labrada sobre la que se encuentra un gran centro de flores y un libro de firmas abierto. Transcurren algunos instantes antes de que haga aparición el primer personaje.

Entra MARTÍN. *Cincuenta y dos años, mediana estatura. Sus gestos serán de cansancio y abatimiento. Mira en todas direcciones esperando que alguien salga a su encuentro. Permanece inmóvil e intranquilo. Al cabo de algunos minutos, en los que su desasosiego seguirá haciéndose patente, habla para sí mismo con la mirada perdida en algún punto del horizonte. Su voz suena imprecisa, con cierto tono de desmayo.*

MARTÍN:

Todos los profesores del instituto nos sentimos superados por los acontecimientos.

Es..., es como si nos hubieran sacudido el corazón e incluso ahora siguieran apretándolo. Todavía no hemos podido reaccionar. El director está de baja y yo..., yo no he podido dormir en toda la noche. En treinta años como educador nunca me había ocurrido algo parecido. Le doy vueltas a la cabeza y quiero creer que no es cierto, que todo ha sido un mal sueño. *(Pausa)* Pero no ha sido un sueño, sino una realidad que nos salpica a todos, nos paraliza y nos produce una profunda perplejidad. *(Moviendo la cabeza con pesadumbre)* Si se pudiera echar atrás la vida... Si fuera posible reconstruir los malos sueños, los sentimientos que nunca desearíamos volver a revivir... *(Desolado)* Pero no es posible, los tendremos que cargar a la espalda para siempre. *(Con gesto de profunda frustración)* Intentamos fomentar el uso de la razón en nuestros alumnos, procuramos inculcarles valores éticos, pero cuando se produce una situación como esta nos damos cuenta de que hemos fracasado estrepitosamente. Las acciones violentas son tan habituales en nuestra sociedad que poco a poco nos vamos insensibilizando ante ellas y ante sus desastrosas consecuencias.

Se produce una larga pausa, tras la cual hace aparición ROSA, *una mujer de cuarenta y dos años, de andares pausados y apariencia agradable. Viste en tonos oscuros y su rostro apenas se encuentra maquillado. Al principio no reparará en el hombre que se encuentra sentado. También parece esperar que alguien salga a recibirla.*

Tras aguardar dando signos de desasosiego, se encamina hacia una de las sillas libres. Al pasar cerca de MARTÍN *le saluda con un tímido gesto, como si no quisiera turbar su situación de abatimiento. Se sienta. Transcurren algunos momentos de absoluto silencio. Ella habla abstraída, sin dirigirse al hombre.*

ROSA:

En la Asociación de Padres estamos destrozados. Ni siquiera nos ha dado tiempo para reunirnos. Nos hemos llamado por teléfono, pero apenas pudimos articular palabra. Todos sentimos lo mismo: asombro, estupor, tristeza y una profunda indignación. Le podía haber ocurrido a cualquiera de nuestros hijos, todos van al mismo instituto. ¿Cómo es posible? ¿En qué sociedad nos encontramos? ¿Qué mundo estamos construyendo para ellos? *(Agobiada)* Es terrible que les suceda esto a chicos que están disfrutando los años más hermosos de sus vidas. Nadie debería pasar por algo tan duro. ¿Qué está fallando? ¿Qué estamos haciendo mal? *(Pausa. Abrumada)* Ahora que ya nada tiene remedio, todos intentan encontrar respuestas a tantas preguntas. ¿Por dónde habrá que empezar? ¿Quién va a encontrar las fuerzas suficientes para hacerlo?

De nuevo, la escena queda en silencio. MARTÍN *y* ROSA *permanecen con la mirada perdida en el horizonte. Al cabo de algunos instantes irrumpe en escena* KAREN, *una mujer con apariencia de dinámica ejecutiva, acostumbrada a desenvolverse con absoluta soltura en los ambientes y las situaciones más diversos. Aparenta unos treinta y cinco años, aunque, bajo su abundante maquillaje se oculta alguno más. Avanza decidida. Mira en todas direcciones. Observa a los presentes y, al no reconocerles, evita el saludo. Se aproxima al centro de flores y tras inclinarse ligeramente para percibir su fragancia se dirige a ocupar otra de las sillas vacías.*

KAREN:

Todavía no salimos de nuestro asombro; no solo nosotros, sino todo el país. Estos hechos suelen ocurrir en lugares como Estados Unidos, pero nunca aquí. Jamás pensé que tendría que enfrentarme a un caso tan extremo, tan ilógico, tan irracional. Estamos empezando a imitar a los otros en lo más negativo, en lo más horrible. *(Incómoda)* Lo malo ahora va a ser la prensa y la televisión, ellos no estarán dispuestos a soltar una tajada tan suculenta, es lo que quieren y se lo hemos servido en bandeja. *(Como si se dirigiera a unos inexistentes representantes de los medios de comunicación)* Una acción así no puede volver a repetirse. Les aseguramos que se trata de un hecho absolutamente puntual. Se extremarán las medidas de seguridad en nuestros centros educativos. Tanto el personal docente como la Administración velarán escrupulosamente por la integridad de los alumnos. *(Vuelve a hablar para sí misma con tono angustiado)* ¿Pero quién puede asegurar que nada de esto vuelva a ocurrir?

El silencio se apodera de nuevo de la estancia. Ninguno de los personajes parece consciente de la presencia de los demás. Es KAREN *la primera en dirigir su mirada hacia* ROSA *y* MARTÍN.

KAREN:

No les conozco, ¿verdad? Soy Karen Bengoa, consejera de Educación.

MARTÍN se incorpora y tiende la mano, primero a ROSA y más tarde a KAREN.

MARTÍN:

Martín Muñoz, jefe de estudios, vengo en representación del instituto de...

ROSA:

(Interrumpe a MARTÍN para dirigirse a KAREN) Rosa Lerma, presidenta de la Asociación de Padres. Nosotros les invitamos a asistir a una de nuestras reuniones, pero...

KAREN:

Todavía no he tenido la oportunidad de visitar su centro.

ROSA:

Hace tiempo que la Asociación de Padres pidió una entrevista con usted, aunque hasta el momento...

KAREN:

Estamos desbordados. Es posible que en los próximos días, *(recalcando sus palabras)* desafortunadamente, nos veamos con más frecuencia.

ROSA:

Es una pena que vaya a ser en estas circunstancias.

KAREN:

La vida nos da estas sorpresas.

ROSA:

(Sin demasiado convencimiento) Sí claro, la vida...

KAREN:

Me dijeron que ellos estarían aquí a las once.

ROSA:

A mí también me indicaron la misma hora.

MARTÍN:

Yo llegué el primero y no vi a nadie.

KAREN:

Ya no pueden tardar.

MARTÍN:

No habrán dormido en toda la noche.

ROSA:

Yo estaría igual, tienen que haber sido unas horas durísimas para ellos.

MARTÍN:

Casi tan duras como para nosotros.

KAREN:

(Dirigiéndose a ROSA) ¿Conocía a los padres?

ROSA:

No, nunca asistieron a las reuniones de la asociación, ni siquiera pertenecían a ella.

KAREN:

(Preguntando a MARTÍN) ¿Y a los chicos?

MARTÍN:

El curso pasado di clase a uno de ellos, pero al otro solo le conocí a raíz de un incidente que se produjo a comienzo de curso.

KAREN:

¿Quién sabe realmente lo que ocurrió?

La acción queda congelada. La luz va desapareciendo sobre ellos para cobrar fuerza en los primeros términos del escenario.

Escena II

Entra Elena. *Es una chica de quince años, mirada inteligente y apariencia frágil. Tiene el pelo corto y sus gestos son suaves y armoniosos. Usa gafas, que transmiten una apariencia de ingenuidad a su rostro. Porta en sus manos una libreta-diario de tapas azules, en la que reparará en algunos momentos de su intervención. Muy lentamente se situará en el espacio más próximo a los espectadores, desde donde hablará al público. En todo momento se mostrará ajena a lo que comentan los personajes adultos que ocuparán otro nivel del escenario. Se sienta en el suelo y comienza a hablar, con nostalgia y cierto abatimiento, de unos hechos que ella padeció en primera persona. Su voz será cálida, aunque con un matiz de tristeza que desaparecerá al rememorar algunos acontecimientos felices. Sus palabras estarán llenas de convicción y ternura.*

Elena:

Sé lo que pasó porque yo lo viví; bueno, lo vivimos juntos. Cuando ya nada tiene remedio, todos se lamentan de lo ocurrido. Ahora, los mayores buscan palabras muy bonitas y muy sentidas para impresionar a los demás y para convencerse ellos mismos de lo mucho que lamentan todo lo ocurrido. A lo mejor es verdad, pero no me importa demasiado. Sé lo que siento yo y también cómo se llegó a este final. *(Pausa)* Yo compartí con Suso los días más tristes de su vida. En estos momentos nadie quiere hablar de él, pero yo sí, porque creo que soy la única verdadera compañera que tuvo. *(Pausa. Su rostro experimenta una profunda conmoción. Intentando recordar)* ¿Cuándo me hice amiga de Suso? Fue un día antes de las vacaciones de Navidad. Ni era de mi clase ni nunca me había fijado en él, creo que tampoco él en mí. Por eso me extrañó que se me acercara y, sin saludarme siquiera o decir alguna de esas tonterías que se sueltan cuando quieres entrar en conversación con un desconocido, me preguntara: «Tú tampoco tienes muchos amigos aquí, ¿verdad?». Me quedé completamente cortada. Pensé que era uno más de la pandilla que me había estado fastidiando desde comienzo de curso. Me molestó que se metiera en mi vida, así, de golpe, sin conocerme de nada. Él debió de sentirse mal. Dio media vuelta y se alejó cabizbajo, con las manos en la espalda. Al volver a casa lo sentí, sentí no haberle mirado siquiera ni decirle lo que pensaba: que así no se empezaba una conversación con alguien. Pero ya no tenía remedio, las vacaciones habían comenzado y no le volvería a ver hasta enero. *(Pausa. Con amargura)* Pero era verdad lo que me preguntó, no tenía ninguna amiga. Bueno, sí tenía una pero se marchó, más bien la echaron. Se llamaba Marta, *(Negando con su cabeza)* pero no quiero acordarme de ella en unos momentos como estos. *(Dudando)* No recuerdo muy bien cuándo comenzaron a hacerme el vacío. Creo que no les caí bien desde que llegué al instituto. No soy muy divertida, ni grito para demostrar que estoy contenta. Tampoco me gustan las pandillas en las que tienes que hacer todo lo que dicen las que siempre toman las decisiones. No tengo nada de empollona, me cuesta mucho más aprenderme las cosas que a los que tienen facilidad o mejor memoria. Por eso tengo que echarle bastantes horas, con lo cual me queda menos tiempo libre. Pero también me gusta divertirme y quedar con

gente, como a todo el mundo. *(Pausa)* Este curso no encontré a nadie que me propusiera salir. *(Incómoda con su razonamiento)* Las chicas, cuando les caes mal, son bastante más crueles que los chicos. No se conforman con hacerte el vacío, sino que hablan mal de ti para que nadie se te acerque; incluso llegan a inventar cosas que no son ciertas. La mayoría de las veces, eso resulta mucho más duro que el que te den una patada o una colleja. Lo malo es que las hay que, en ocasiones, también te zurran. A mí, un día me llegaron a pegar más de diez chicles en el pelo. Me lo tuve que dejar cortito, y eso me dio mucha rabia porque estaba feliz con la melena que me llegaba hasta los hombros. La mayoría de las veces me quedaba en clase a la hora del recreo. Era la única forma de estar tranquila, de poder pensar en mis cosas.

Escena III

La luz cobra fuerza en el lugar ocupado por los visitantes.

KAREN:
¡Cómo hemos podido llegar a esto! Todo ocurrió tan de repente...

MARTÍN:
Es posible que no fuera tan de repente, sino un proceso continuado del que nadie se dio cuenta.

ROSA:
¿Existían algunos indicios que hicieran presagiar los hechos que se produjeron?

MARTÍN:
Rumores, pero nadie se atrevió a presentar pruebas evidentes.

KAREN:
¿Ningún profesor vio nada?

ROSA:
¿Nadie habló?

MARTÍN:

Los chicos de estas edades no suelen denunciar a sus compañeros. Tienen miedo de ser acusados de chivatos. Algunos buscan la protección de los fuertes y otros intentan alejarse lo más posible de ellos, pasar inadvertidos para así librarse de las bromas, a veces demasiado crueles.

ROSA:

Es tan difícil comprender a los jóvenes...

MARTÍN:

Hay que estar cerca de ellos.

KAREN:

Desde la Administración hemos realizado bastantes estudios y encuestas, y tenemos abundantes datos que muestran cómo son nuestros estudiantes y cuáles son sus comportamientos habituales.

ROSA:

No me refiero a las encuestas oficiales, sino a lo que los chicos piensan, a cuáles son sus verdaderas preocupaciones. A veces no es fácil hablar con ellos, sobre todo cuando son adolescentes.

KAREN:

Tal vez intentamos meternos demasiado en sus vidas. Nosotros somos un poco diferentes. Mi marido y yo les damos absoluta libertad para casi todo. Eligen su ropa, sus juegos, sus amigos. Apenas les hemos prohibido nada. *(Sonriendo)* Es la forma de evitar entrar en discusiones cuerpo a cuerpo que, por otro lado, resultan bastante incómodas y un tanto estériles.

ROSA:

Sí, pero no hay más remedio, es preciso marcarles algunos límites.

KAREN:

Su padre y yo tenemos muchísimo trabajo. Los dos chicos nuestros siempre fueron muy responsables. Tan pronto se pudieron manejar por sí mismos, les entregamos la llave de casa para que se sintieran independientes. Recuerdo que al mayor se la dimos cuando tenía diez años. En todo momento hemos tenido absoluta confianza en ellos.

ROSA:

(En tono irónico) Han sido muy afortunados, para nosotros no fue tan sencillo. Los míos nunca quisieron sentirse independientes. Fue más cómodo para ellos que sus padres les solucionaran la vida. Hemos intentado ayudarles en todo lo que podemos, pero... Lo más duro empezó cuando tuve que volver a trabajar. No es nada fácil

compaginar la vida laboral con la familiar, sobre todo para las mujeres.

KAREN:

(Con un cierto tono de superioridad) Hay que saber organizarse.

ROSA:

No, si yo lo intento, pero...

KAREN:

Es necesario saber delegar en otros ciertas tareas.

ROSA:

(Con cierto fastidio) Siempre que se tenga a alguien en quien delegar.

KAREN:

Al pequeño, lo lleva todas las mañanas a la escuela una señora ucraniana que, aunque no le entiende, es muy cariñosa con él. Le tenemos con actividades extraescolares hasta las seis, luego le vuelve a recoger la señora ucraniana, se van a casa, le pone la televisión, le da de cenar y nos lo acuesta. Dentro de pocos años ya no necesitará a la señora ucraniana porque tendrá su propia llave.

MARTÍN:

Nuestro instituto está situado en una buena zona de la ciudad, a la mayoría de nuestros alumnos no les falta de nada, y, sin embargo, desde mi punto de vista, muchos de ellos carecen de algo fundamental: el contacto con sus padres.

KAREN:

Los padres trabajamos, y eso no significa que tengamos menos relación con nuestros hijos. Yo siempre he antepuesto la calidad a la cantidad. Durante las horas que pasamos con ellos procuramos enterarnos de sus problemas y darles todo lo que necesitan, pero su educación también es responsabilidad de la escuela. La calidad del sistema educativo es nuestra máxima prioridad.

MARTÍN:

(Dubitativo) ¿Y la hemos conseguido?, ¿realmente hemos logrado una educación de calidad?

KAREN:

(Asombrada) ¡Por favor! Me parece que es usted el menos indicado para ponerlo en duda.

MARTÍN:

Verá, nosotros intentamos darles conocimientos, pero tal vez no les enseñamos a aprender, a que sientan la necesidad de seguir formándose a lo largo de toda su vida para que posean una inquietud permanente por saber. *(Decepcionado)* Cuando logran su título universitario piensan que ya han

llegado al final del camino. Algunos tienen tantos másteres que ya no les cabe nada más en la cabeza.

KAREN:

Siento que se encuentre usted tan desilusionado, menos mal que todavía hay profesores realmente satisfechos con nuestro sistema educativo, *(sonriendo)* de lo contrario, el país sería una ruina.

MARTÍN:

Lamento no haberme sabido expresar. Llevo treinta años enseñando. Llegué a esta profesión con todo mi entusiasmo juvenil. Quería ser educador, lo tuve todavía más claro desde el día en que decidí matricularme en la facultad. Pero la duda también forma parte de la educación, ¿no cree? Nuestros alumnos deben dudar de lo que poseen para estar en condiciones de cambiar la sociedad en la que viven; a no ser que estemos convencidos de encontrarnos en el mejor de los mundos posibles.

KAREN:

Ustedes tienen la obligación de transmitir a sus alumnos certezas y no dudas, en eso consiste, precisamente, la educación. Las dudas, desgraciadamente, ya se las deparará la vida.

MARTÍN:

¿Y si no les hemos preparado para ese momento?

KAREN:

¿Tanto desconfía de lo que consiguió enseñar a sus alumnos, tanto desconfía de usted mismo?

MARTÍN:

(Moviendo su mano con fastidio) No me refiero a eso, sino a nuestra voluntad, a veces irracional, por cubrir todas sus necesidades, incluso hasta las más superfluas; a nuestra incapacidad para enseñarles que no siempre «lo ves, lo quieres, lo tienes», como dicen los anuncios.

KAREN:

¿Tiene usted hijos?

MARTÍN:

Los míos y los que me confían las familias de los alumnos de mis cuatro clases. ¿Le parecen pocos?

ROSA:

Creo que ella tiene razón. No podemos sembrar en los adolescentes más incertidumbres y más temores de los que ya tienen a su edad. Nuestra labor es la de ofrecerles seguridad, comprensión, confianza.

Escena IV

La luz vuelve a cobrar fuerza en el espacio en el que se encuentra ELENA. *Ella retoma el relato que quedó interrumpido por las intervenciones de los adultos.*

ELENA:

No, creo que no hablé con mi madre de lo que me estaba pasando en el instituto. Me habría vuelto a decir que yo era insociable y que siempre consigo hacer mi santa voluntad. Los mayores intentan recordar cómo eran ellos de pequeños. Estoy segura de que no se acuerdan, simplemente se lo imaginan, pero nunca son capaces de ponerse en tu lugar. Las pocas veces que nos sentamos a hablar terminamos antes de tiempo. O ella me corta o yo me levanto y me voy. Así no hay quién se entienda. Lo que más le preocupa son los estudios y que vista como una chica. Siempre le parece un desastre lo que me pongo. Me gustaría que viera a las demás compañeras. Seguro que le daba un ataque. Si se me hubiera ocurrido decirle que no tenía a nadie con quien salir, habría llamado a mis primas, y las tres estarían colgadas de mi cuello. ¡Cualquiera resiste eso durante todo el curso! No lo hubiera soportado. Son horribles, se pasan los fines de semana en esas discotecas donde la música suena tan fuerte que es imposible hablar, ni entenderse. Un día que las acompañé, volví con la cabeza como un bombo. *(Convencida de su actitud)* Por eso me callé y no le conté nada de lo sola que me sentía. Para que no se imaginara lo que estaba pasando, le decía que me iba con unos amigos que no existían, pero en realidad lo que hacía era dar interminables caminatas por el paseo marítimo, a veces también me metía en la biblioteca pública a estudiar. Allí no solía encontrarme con nadie conocido, ni tenía que ver a las compañeras cuchichear y señalarme con el dedo. Eran los momentos más tranquilos del día, y aunque parezca mentira, era donde mejor me sentía. Nunca pensé que lo que empezó con bromas pesadas y con el más absoluto de los vacíos acabaría de forma tan terrible. *(Acariciando la libreta que mantiene entre sus manos)* Muchas de las cosas que ocurrieron las viví yo, otras las escribió él en su diario. Estoy convencida de que si los padres y las madres de los alumnos del instituto hubieran sabido todo lo que iba a ocurrir este curso no habrían podido dormir tranquilos en toda la noche.

Escena V

ROSA, KAREN y MARTÍN reanudan su conversación.

ROSA:

Siempre hubo bromas y novatadas en los colegios. Recuerdo que a mí siempre me robaban el bocadillo. Yo sabía quién era, pero nunca me atreví a enfrentarme a él. Algunos días, me lo comía en la clase poco a poco, sin que se diera cuenta mi maestra. Los chicos también se pegaban, pero siempre había algún profesor para separarlos. Pero lo de ahora es diferente, no solo es lo que ha pasado en nuestro instituto, sino las noticias tan tremendas que salen en los periódicos.

MARTÍN:

Es cierto, la violencia ha existido siempre en la escuela, lo malo es que ahora carecemos de mecanismos para evitar que se produzca. Cuando intentamos poner en marcha los pocos recursos que tenemos a nuestro alcance, los alumnos nos acusan de ser unos anticuados que van en contra de todo lo que a ellos les mola.

KAREN:

Pero la violencia no solo aparece en el sistema educativo, está en la calle, en los medios de comunicación, en la propia sociedad. Por muy dramáticos que sean los hechos que nos han reunido aquí, me niego a aceptar que haya que poner a la escuela en el centro de la diana de todas las críticas.

ROSA:

Aunque estemos pasando por unos momentos tan difíciles, no deberíamos caer en simplificaciones. Hay muchas razones para vivir como vivimos. Yo citaría, por ejemplo, la falta de tiempo. La gente no tiene un momento para nada. Fíjense, en un instituto de novecientos alumnos como el nuestro, la Asociación de Padres tan solo cuenta con ochenta y cuatro socios, y muchos de ellos ni siquiera acuden a las reuniones. Corremos más de lo que podemos, siempre estamos danzando de un lado para otro.

MARTÍN:

Antes nos quejábamos de que las familias estaban demasiado encima de nosotros y ahora nos lamentamos de que apenas se preocupan por la educación que reciben sus hijos. Tal vez nunca lleguemos a lograr el equilibrio que debería conseguirse.

KAREN:

(Dirigiéndose a ROSA) ¿Sería justo cargar a los padres con la culpa de todo lo que ha ocurrido?

ROSA:

No, claro que no, tan solo he pretendido decir que, en ocasiones, algunos de ellos no se interesan demasiado por el funcionamiento de la escuela a la que van sus hijos.

KAREN:

Para eso estamos nosotros y la Inspección, que vela por el buen funcionamiento del sistema escolar.

ROSA:

Creo que, después de lo que ha pasado, el sistema ha fracasado estrepitosamente.

KAREN:

Yo no diría tanto.

ROSA:

Ha fallado el sistema y, al tiempo, todos nosotros.

KAREN:

¡Por favor! Se trata de una excepción, una trágica y desagradable excepción. Es responsabilidad de todos evitar que hechos similares vuelvan a repetirse.

ROSA:

(Desilusionada) Esas mismas palabras son las que los políticos pronuncian siempre que ocurre algo grave, pero, desgraciadamente, con ellas nunca se logra evitar que los hechos que condenan vuelvan a repetirse.

KAREN:

Los políticos, como usted nos llama utilizando ese tono tan despectivo, no somos infalibles, ni podemos prevenir hechos tan lamentables como los que ocurrieron en su centro educativo.

Escena VI

La luz vuelve a cobrar fuerza en el espacio en el que se encuentra ELENA. *Ella retoma el relato que quedó interrumpido por las intervenciones de los adultos.*

ELENA:

Volví a ver a Suso, pero esta vez fui yo la que le hablé a él. No sabía cómo empezar, así que se me ocurrió decirle: «¿Qué me preguntaste la otra vez?». O no se acordaba, o se hizo el loco. Yo no insistí, empezamos a charlar y así fue como se inició nuestra amistad. Él era fantástico bajando música de internet y también encontrando páginas de viajes de aventura, que me fascinan. Siempre pensé que algún día iba a conseguir ir a esos lugares fabulosos que tengo almacenados en mi cabeza. Compartíamos muchas cosas, pero también éramos diferentes. A Suso le gustaba leer,

sobre todo temas del mundo submarino. Tenía una colección muy buena de sellos de peces. A mí, en cambio, me encantaban las carreras de motos y jugar con los trenes en miniatura que colecciona mi padre. También con la música teníamos nuestras diferencias. A él le apetecía la tranquila, que es bastante aburrida, y a mí la que te alegra la vida. A pesar de todo, yo le escuchaba a él y él me escuchaba a mí. Pero no un ratito y sin mirarnos a la cara, sino largos momentos en los que nos contábamos las cosas que nos interesaban y también las que nos preocupaban, que eran muchas. Por primera vez alguien no me decía que mis ideas y mis pensamientos eran una tontería, y que estaba sola porque era un cardo borriquero al que nadie iba a aguantar en la vida. Suso y yo debíamos de ser muy raros, cuanto más hablábamos, más convencidos estábamos de que los compañeros nos miraban como si no tuviéramos nada que ver con ellos, como si fuéramos de otro planeta. *(Sonriendo)* Sin embargo, yo me sentía a gusto a su lado y creo que él también estaba bien conmigo. Estoy segura de que a los demás les fastidiaba que ya no estuviéramos solos y vernos paseando por el patio, riendo a veces. ¿Por qué les molestaba que hubiéramos encontrado a alguien que no nos amenazaba, que no nos insultaba, que no nos hacía el vacío?

Escena VII

Se iluminan las figuras de KAREN, ROSA *y* MARTÍN.

ROSA:

(Consulta su reloj con cierta impaciencia) Sigue sin aparecer nadie.

KAREN:

Yo tengo una reunión en la Consejería a las doce. No quisiera faltar bajo ningún concepto, sin embargo, quiero que conste que he hecho acto de presencia. En un trance tan doloroso para la familia se necesita el apoyo de todos nosotros.

ROSA:

Naturalmente.

Se produce una larga y embarazosa pausa, durante la cual nadie parece tener nada que decir. KAREN, *la primera en romper el silencio, lo hará sin demasiado convencimiento.*

KAREN:

Podíamos ir firmando. Ellos querrán tener un recuerdo.

ROSA:

Sí, será mejor hacerlo antes de que lleguen.

ROSA se incorpora. Tras dirigirse al libro de firmas que se encuentra sobre la mesa, escribe algo en él y vuelve a su asiento. También lo hace MARTÍN. KAREN ha permanecido sentada pero, al darse cuenta de que ambos la observan, se levanta de su asiento y va hacia la mesa.

KAREN:

(Tras escribir en el libro) En unos momentos así, todo el afecto que les podamos dar será insuficiente.

ROSA:

Pero necesario, absolutamente necesario para ellos.

De nuevo, se produce un tenso silencio.

MARTÍN:

Ya no pueden tardar. Ellos saben que acudiría una representación del instituto. La secretaria habló con el padre.

ROSA:

Me dijeron que lo iban a trasladar esta noche a última hora.

MARTÍN:

Sí, su nombre está puesto en la puerta de entrada.

KAREN:

La directora general ha enviado un telegrama y es posible que la ministra también lo haga.

Ninguno de los presentes parece encontrar un tema de conversación. ROSA intenta reiniciar la charla.

ROSA:

A veces pienso que los chicos de ahora no saben muy bien lo que quieren. Están tan confusos, tan dispersos...

KAREN:

Son otros tiempos. Reciben tantos estímulos que a veces no saben elegir.

MARTÍN:

(A KAREN) Sé que no le va a gustar lo que voy a decir, pero para canalizar los estímulos de los que usted habla, hay que estar cerca de los adolescentes; sin embargo, algunos padres pretenden ser amigos de sus

hijos, y algunas madres, hermanas de sus hijas.

KAREN:

Eso es absurdo.

MARTÍN:

Todos deseamos ser mucho más jóvenes de lo que somos, pero los chicos y las chicas necesitan algo más que amigos, precisan padres que les ayuden a crecer, que les orienten, que les fijen límites a tantas ofertas, a tanta confortabilidad, a una vida de la que hemos borrado la palabra *esfuerzo*. Cuando ciertos padres se lamentan del dominio que sobre ellos ejercen los hijos, su protesta resultará ya inútil, porque desde pequeños les permitieron un nivel de exigencia impropio para su edad.

Durante el parlamento de MARTÍN, KAREN ha estado realizando gestos de disconformidad y movimientos de negación con su cabeza.

KAREN:

Lo siento, pero sigo en desacuerdo con usted. Los padres de hoy apoyan como nunca a sus hijos. Les abren caminos, les ofrecen los medios necesarios para que consigan triunfar, les brindan innumerables oportunidades.

MARTÍN:

¡Magnífico!

KAREN:

En esta sociedad solo supervivirán los que posean una excelente formación, los que sepan jugar con los mejores. Y estamos haciendo todo lo posible para que lo logren. De momento, todos los centros educativos de nuestra comunidad serán bilingües y poseerán un ordenador por alumno. También dispondrán de salas para videoconferencia, comunicación vía satélite y banda de alta velocidad.

MARTÍN:

¿Cambiarán los ordenadores la forma de encauzar sus vidas o, a pesar de tantos medios, vamos a seguir marcándoles el camino para que la sociedad continúe girando en la dirección que hemos marcado? ¿Les vamos a dar a ellos la oportunidad de que cambien algo o cuando les llegue la hora de hacerlo ya habremos conseguido que piensen igual que nosotros?

KAREN:

Alguien tiene que mirar al futuro. La educación no termina en el aula, debemos

pensar en la gestión de recursos, en las infraestructuras, en los avances tecnológicos.

MARTÍN:

(Abatido ante la incomprensión de su interlocutora) No es igual ver las cosas desde un despacho que vivir el día a día de un centro, de verdad que no es lo mismo.

KAREN:

(Enérgica) Estamos al tanto de lo que es el día a día de un centro. He visitado muchos de ellos y conozco al dedillo su problemática. Yo también estuve en el aula.

MARTÍN:

¿Hace cuántos años?

KAREN:

(Inquieta) Usted no es quién para hacerme esa pregunta.

MARTÍN:

Era por simple curiosidad.

KAREN:

(Irritada) No, no era por simple curiosidad.

ROSA:

¡Por favor! No son momentos para... ¿Cómo pueden ponerse a discutir en un sitio como este? Creo que, con tanta espera, hemos comenzado a ponernos nerviosos. Comprendo la tensión, pero...

MARTÍN:

Siento haberla molestado.

ROSA:

(Confusa) Yo no pretendía... Llevamos demasiado tiempo en un lugar tan... tan desagradable. Pienso que deberíamos calmarnos y esperar tranquilamente a que ellos lleguen.

KAREN:

(Nerviosa) Yo también lo lamento, pero no me puedo callar. Tal vez *(señalando a MARTÍN)* él prefería que dejáramos a nuestros estudiantes anclados en el pasado, que rechazáramos todos los avances que nos brindan los nuevos tiempos *(Despreciativa)* ¡Qué clase de profesor es usted! Desde luego, no el que pretendemos formar nosotros. Me temo que conoce muy poco a sus alumnos, a pesar de los treinta años de profesión.

Escena VIII

Se ilumina la figura de ELENA, *que se encuentra repasando las páginas del diario. Tras unos instantes de silencio, reanuda su monólogo.*

ELENA:

Me gustaba Suso porque estaba muy seguro de lo que quería. Deseaba estudiar Ciencias del Mar, aunque en su casa intentaran quitarle la idea de la cabeza. Su padre era militar y esperaba algo mejor para él. Tenía la ilusión de que su hijo mayor fuera lo que él no había podido ser: ingeniero aeronáutico. Siempre le decía que el porvenir estaba en la conquista del espacio. En cambio a Suso le fascinaba la conquista del fondo del mar. *(Con una amarga sonrisa)* ¡Qué disparate!, unos querían que Suso subiese, y lo que a él le gustaba era bajar. Yo creo que le tenía mucho respeto

a su padre. Un día me dijo que nunca tendría familia para no tener que estar dando órdenes a todas horas. La verdad es que era muy tímido, decía que comprendía mejor a los peces que a las personas. *(Pausa)* Suso nunca pensaba en ganar mucho dinero, sino en ser feliz, *(dudando)* pero ahora creo que no lo fue durante este curso, aunque me dijera que se sentía bien a mi lado. Él confiaba en la gente, no comprendía a los que pisaban la cabeza de los otros para quedar los primeros o para ser más importantes que nadie. Su padre le decía que carecía de ambición y que así no llegaría a ningún lado. *(Con un gesto de desolación)* ¡Pues si me conociera a mí, que todavía no tengo ni idea de lo que quiero hacer el día de mañana! ¿Por qué todo el mundo tiene tanta prisa en que nos aclaremos? ¡Es como si ellos hubieran sabido desde pequeños lo que iban a ser en la vida! *(Pausa)* Al principio lo pasábamos bien, pero aquello duró poco porque en el instituto empezaron a ocurrir cosas muy feas que terminaron siendo espantosas. Un día, Suso llegó con las gafas rotas y una brecha en la frente. Al principio me dijo que se había dado con la puerta al salir de clase, pero no me lo creí. Insistí en que me contara lo que había pasado realmente, al final terminó diciéndome la verdad. Le cogieron entre tres y le dieron una paliza, solo porque llevaba una camisa rosa y eso, según ellos, era de maricas. Pero Suso decía, desesperado, que aunque se hubiera puesto una azul o una verde también le habrían sacudido, porque lo que les caía mal no era la camisa, sino él. Por primera vez me habló de aquel grupo del instituto y de su cabecilla, un chico llamado Richy. Aunque intentaba esquivarlos, siempre los tenía cerca, incluso en alguna ocasión le siguieron para amenazarle y hacer pintadas en el muro que había frente a su casa. Aquello fue el principio de todo lo que vino después.

Escena IX

La iluminación cobra intensidad sobre los tres personajes adultos.

ROSA:

Los chicos mencionaron alguna vez a un grupo de gallitos que mandaban en Bachillerato. Algo así no resultaba nada nuevo, en los institutos siempre han existido las pandillas más o menos organizadas. Un día mi hijo llegó con heridas en las piernas. Me dijo que se las había hecho jugando al fútbol. Ahora he comenzado a hilar cabos, aunque tal vez demasiado tarde. Recuerdo que un amigo de mi hijo, en alguna ocasión, se refirió a un tal Richy.

MARTÍN:

Ese muchacho estuvo a punto de sufrir un expediente disciplinario. Agredió a un compañero y más tarde se enfrentó al profesor que se interpuso para evitar que la agresión fuera más grave.

KAREN:

¿Dieron parte a la Inspección?

MARTÍN:

Mi compañero evitó que se abriera el expediente, creyó que los hechos no volverían a ocurrir.

ROSA:

Debieron hacerlo. Los padres no nos enteramos de aquel suceso. La asociación debería estar para algo más que para organizar actividades extraescolares, excursiones y campamentos de verano, ¿no cree?

MARTÍN:

Llamamos al padre. Me tocó hablar con él. Le debió molestar bastante que le citáramos. En lugar de reconocer el comportamiento de su hijo, intentó convencerme de que mi compañero le tenía manía. En ningún momento aceptó la actitud agresiva de Richy, por el contrario, intentó referirse a una provocación previa del agredido, que, por cierto, era un chico bastante pequeño.

KAREN:

¿Tenían testigos de lo ocurrido?

MARTÍN:

Naturalmente, pero a veces es más cómodo dar la razón a los hijos desautorizando a los profesores. La mayoría de las veces los problemas se resuelven ocultando la verdad, volviendo la vista para otro lado, desacreditando al mensajero.

KAREN:

Su obligación era haberlo puesto en conocimiento del Consejo Escolar.

MARTÍN:

¿Hubiera valido de algo?

KAREN:

Naturalmente. La consejería podría haber intervenido.

MARTÍN:

Hace unos meses, por una reyerta con navajas ocurrida a las puertas de otro centro, se logró expulsar a dos alumnos durante tres días. Eso fue todo, porque los hechos no habían ocurrido en el instituto. En nuestro caso, no mediaron armas blancas.

ROSA:

¿Cómo van a evitarse las agresiones cuando las sanciones son tan insignificantes? En lugar de un castigo aquello debió de ser para ellos unas vacaciones.

KAREN:

No se puede privar a los chicos de su derecho a la escolarización, lo dice la ley y nosotros cumplimos escrupulosamente con ella, para eso nos han elegido los ciudadanos. Pero existen correctivos mucho más rigurosos. En casos extremos se puede llegar a expulsar a un alumno del centro escolar.

MARTÍN:

Para mandarlo a otro diferente. Así, lo único que se logra es trasladar el problema de lugar, pero no solucionarlo. Nunca he sido partidario de las medidas extremas, sino de trabajar con los alumnos conflictivos desde la propia escuela y, por supuesto, desde la familia. Sin embargo, no es una tarea fácil cuando las armas que algunos chicos manejan son la intolerancia y la fuerza.

Escena X

La iluminación se centra en ELENA.

ELENA:

Ellos hablan y hablan, creen que nos conocen, pero hay cosas que nunca sabrán. *(Abraza la libreta)* Nunca sabrán que Suso y yo íbamos a pasar los peores momentos de nuestras vidas. *(Larga pausa)* Lo más duro vino cuando se dieron cuenta de que Suso y yo habíamos empezado a salir. Al principio fueron las burlas de costumbre. Nos solían gritar: «los gafotas unidos siempre serán vencidos». Otras veces hacían gestos groseros y se llevaban la mano al cuello como si nos fueran a estrangular. Ya no nos marchábamos juntos del instituto. Quedábamos en la biblioteca municipal o en el acuario. Era la forma de no soportar sus insultos. Un día empezaron a

mirarnos de una forma muy extraña, particularmente las chicas. Pasó bastante tiempo hasta que descubrimos lo que estaba ocurriendo. Por lo visto, se habían encargado de mandar a todos compañeros la dirección de una página de internet en la que aparecíamos nosotros. Cuando Suso pudo hacerse con las señas comprobó que alguien había pegado nuestras fotos a dos cuerpos desnudos. Lo habían hecho tan bien que casi parecía de verdad. Él se indignó tanto... Se le saltaron las lágrimas de rabia. Le pedí que no hiciera nada por temor a que se enteraran mis padres, pero él buscó una comisaría que estuviera lejos del barrio y se fue a poner la denuncia. No valió de nada; encima, se rieron de él. El policía que lo atendió le dijo que si tuvieran que preocuparse de todas las bromas que gastan los estudiantes a través de internet, no harían otra cosa al cabo del día. *(Indignada)* Pero aquello no era una broma, sino algo asqueroso. A Suso le dijeron que Richy andaba detrás de aquella canallada. No sé como se atrevió a ir a hablar con él. Le pidió que retirara la foto, pero solo le dijo que se fuera preparando porque aquello no había hecho más que empezar. *(Pausa)* No era la primera vez que la pandilla de aquel chico se dedicaba a acosar a gente del instituto.

Escena XI

Se retoma la discusión en el lugar ocupado por los adultos.

KAREN:

¿No cree que exagera señor... señor...? *(Con cierto tono despectivo)* Se llama usted Muñoz, ¿verdad?

MARTÍN:

Muñoz o Martín, como guste.

KAREN:

Gracias. Me gustaría decirle que...

MARTÍN:

(Interrumpiéndola) Que exagero. *(Con cierta dureza)* Pues no, no exagero. Actualmente hay más intransigencia, más insolidaridad, se desprecia a los compañeros cuando no piensan igual que aquellos que imponen su ley. Nuestra situación tampoco es fácil. Conozco a profesores que sienten temor de

llegar cada mañana a sus centros. Hace algunos meses unos chicos intentaron vender a los medios de comunicación la paliza a un profesor grabada por el móvil de uno de sus agresores. Pedían cien euros por su hazaña. Le aseguro que, en ocasiones, algunos educadores soportan lo que no toleraría ningún trabajador de sus compañeros o de sus jefes.

ROSA:

No le comprendo. Nos habla de los hechos de indisciplina que se producen habitualmente en la escuela y, sin embargo, no está usted de acuerdo con las sanciones que se imponen a los alumnos. ¿En qué quedamos?

MARTÍN:

Verá, yo no quisiera obligar a nadie a estar sentado en un aula contra su voluntad, y menos si con su actitud de rebeldía hace casi imposible el trabajo de los que verdaderamente desean estudiar. Pero, una vez que los tenemos ahí, hemos de esforzarnos por dotarles de algunos recursos que eviten su marginación de esta sociedad tan competitiva en la que, según usted, *(dirigiéndose a KAREN)* solo deben jugar los mejores.

ROSA:

(Cohibida ante la enérgica actitud de MARTÍN) Simplemente he querido decir que ustedes solos no pueden cargar con esa responsabilidad.

MARTÍN:

Por supuesto que debería ser toda la sociedad la que se ocupara de la situación, pero es en la escuela donde los chicos y las chicas pasan un montón de horas. Por eso estamos intentando luchar con las únicas armas que los profesores tenemos a nuestro alcance: materias que nos permitan abordar temas como la solidaridad, la dignidad, la igualdad, la paz y los derechos humanos. Sin embargo, un buen número de padres se mantienen en constante pie de guerra para evitar que se impartan estas enseñanzas, alegando que pueden manipular las conciencias de sus hijos.

KAREN:

Aunque usted lo lamente, no tenemos más remedio que reconocer la libertad de elección de los padres.

MARTÍN:

¿La libertad para enfrentar a los hijos con sus profesores?

KAREN:

La cuestión no es tan sencilla. Usted sabe muy bien que nuestra comunidad y, especialmente nuestra consejería, mantienen profundas diferencias con el Gobierno central en ciertas materias que se nos pretenden imponer.

MARTÍN:

¡Por favor! Todos somos conscientes de los problemas de convivencia que existen en ciertos centros educativos, y, sin embargo, pretendemos impedir que se trabajen una serie de valores que van dirigidos, precisamente, a evitar los brotes de intolerancia y de violencia.

KAREN:

Es posible que algunos padres tengan una visión muy diferente de esos mismos valores.

ROSA se muestra incómoda ante la pugna que mantienen KAREN y MARTÍN. Intenta cortar una discusión que ha ido subiendo de tono progresivamente.

ROSA:

Ya está bien. Perdonen, pero el hecho de que existan distintas formas de razonar no debería suponer un enfrentamiento entre padres y profesores. Debemos pensar únicamente en el bien de nuestros hijos. Siempre me ha parecido lamentable contemplar las broncas de los políticos insultándose en televisión, o verlos envueltos en casos de corrupción. ¿No es esa otra forma de violencia? ¿No les parece un ejemplo terrible para nuestros jóvenes?

KAREN:

(Molesta) Yo no estoy organizando ninguna bronca, simplemente defiendo la libertad de un sector de padres de nuestro país para elegir el tipo de educación que deseen dar a sus hijos.

MARTÍN:

Me temo que no todos defendemos la misma libertad.

KAREN:

Pero usted está obligado a defender la libertad de la mayoría.

ROSA:

¿De verdad creen que es el momento y el lugar para una discusión de este tipo? Imagínense que, de repente, llegaran los familiares que estamos aguardando y les encontraran a ustedes enzarzados en una discusión tan absurda ¡Qué iban a pensar!

Se produce una larga pausa en la que cada cual intenta tranquilizarse tras la acalorada discusión. MARTÍN *se levanta y pasea nervioso.*

KAREN:

(Consultando su reloj) Se está haciendo muy tarde. No voy a llegar a la reunión.

ROSA:

No es usted la única. Yo tengo dentista dentro de media hora y la consulta queda bastante lejos. Tendré que dejarlo para otro día.

KAREN:

(Con gesto de fastidio) Si lo llego a saber...

Escena XII

Luz sobre ELENA.

ELENA:

Ahora, aunque me duela, sí voy a hablar de Marta, la única amiga que tuve en clase. A esta chica le hicieron la vida tan imposible que sus padres tuvieron que cambiarla de centro, pero Richy y sus machitos avisaron a los chicos del otro instituto al que iba a trasladarse para que siguieran mortificándola. Al final se tuvo que ir a otra ciudad. ¡Qué injusticia!, ¿por qué no se los llevaron a ellos, que eran los agresores? La que salió perjudicada fue Marta y no los que la mortificaban continuamente. Ella tuvo que decir adiós a sus amigos e incluso a su familia. A mí también me hicieron daño, porque la perdí y me quedé sola. A veces nos escribimos, y nos vemos cuando viene por vacaciones. Ahora está feliz, lejos, pero feliz. *(Largo silencio. Entristecida)* Y fue verdad, lo peor para Suso estaba por llegar, y llegó. No podía aguantar más, por eso me lo contó, lleno de vergüenza y desesperación, pero me lo contó. Ese día estaba muy constipado. *(Moviendo su cabeza como si se resistiera a dar por ciertos los hechos)* Parece absurdo, pero es cierto, fue lo que ocurrió. Le vino un golpe de tos y se le salió todo por la nariz. Tardó en encontrar el pañuelo, y Richy y sus compañeros organizaron «la fiesta». Empezaron a insultarle y a tirarle hojas de papel para que se limpiara. La profesora, en lugar de ir en contra de los que habían montado el número, obligó a Suso a recoger todos los papeles entre las risas de aquellos imbéciles, después lo mandó a Dirección con un parte. Suso estuvo dos días sin ir a clase. Cuando regresó, le habían puesto un mote que ya nunca más le quitaron: «Suso, *Mocos de Oro*». Desde entonces no volvió a ser el mismo. Se metió en su caparazón y ya no quiso salir. Estaba hundido, humillado, se veía incapaz de reaccionar ante tanto desprecio, ante tanta injusticia. No compren-

día cómo ningún profesor se daba cuenta de lo que estaba ocurriendo. Habían conseguido desmoralizarle. Lo habían conseguido, habían logrado quitarle la poca autoestima que le quedaba.

Escena XIII

La luz se concentra en MARTÍN. *En esta ocasión no se tratará de un diálogo entre los tres adultos, sino de un monólogo interior. Intentan reflejar ciertos pensamientos que, tal vez, no se atrevería a expresar realmente.*

MARTÍN:

Tuvimos noticias de aquellos hechos, pero no pudimos intervenir. *(En tono de duda)* ¿Realmente no pudimos? Concha era una mujer amargada, hacía años que había dejado de sentir interés por la educación. Yo creo que tenía miedo a sus alumnos. Se defendía de ellos de la peor forma que podía hacerlo: unas veces reprendiéndolos de manera exagerada y extemporánea, y otras intentando recompensar a los más conflictivos para así lograr que la dejaran en paz. Alguien debería haberse dado cuenta de

aquello. Los compañeros no éramos los más indicados para... Es duro, pero un profesor no debería seguir ejerciendo cuando le abandonan las fuerzas, la vocación o el respeto por sus alumnos. Ellos no tienen la culpa de nuestras frustraciones. *(Larga pausa)* No debimos permanecer en silencio, pero.... Sé que la lucha cada vez es más dura, porque cada vez es más difícil pedir el esfuerzo de nuestros estudiantes para que consigan alcanzar unas mínimas metas. Todo se quiere lograr de un modo inmediato: ¡ya, ahora, pronto! Es difícil reforzar la autoestima de un profesor que siente verdadera vocación por su trabajo cuando la profesión se encuentra tan poco valorada y cuando el ideal de algunos de los alumnos es ganar un concurso de televisión para alcanzar la fama. ¿Pero que ocurrirá con los miles que serán rechazados? ¿Cómo manejarán su frustración, su resentimiento y su angustia ante el fracaso?

Escena XIV

La acción se concentra en ELENA.

ELENA:

Los profesores tuvieron que enterarse, pero miraron hacia otro lado. Los mayores no quieren escuchar las cosas desagradables. Prefieren que no existan porque, si no existen, no hay que pensar en ellas. En casa, cuando salen en la televisión esos niños que se mueren de hambre, mi madre cambia de canal. Dice que no es capaz de soportar tantas desgracias cuando no puede hacer nada por solucionarlas. *(Con rabia)* Pues deberíamos poder hacer algo. *(Pausa)* Cuando Suso volvió, Richy continuó machacándole, pero no lo hacía solo, le ayudaban sus machitos. Ellos no son nada si no van en grupo; solos, son incapaces de atreverse con alguno de los chicos fuertes del instituto. Cuando están juntos miran a las chicas para decirles groserías, pero después todos pierden el culo por intentar ligar con las más guapas. Son unos cobardes, unos asquerosos cobardes.

ELENA *permanece largo tiempo en silencio. Mira en diferentes direcciones como si no supiera dónde se encuentra o no comprendiera lo que está ocurriendo a su alrededor. Muestra la libreta de tapas azules que ha permanecido en sus manos desde que entró en escena. Tras observarla largamente, la acaricia con ternura.*

ELENA:

La noche anterior a que todo ocurriera, Suso me entregó su diario para que se lo guardara. Al principio no comprendí bien por qué lo hacia. No estaba cerrado, ni siquiera se había molestado en poner la llave en el pequeño candado. Nunca pensé que los chicos pudieran tener un diario, siempre creía que era una cosa que hacíamos nosotras para guardar secretos. Ahora me he dado cuenta de que Suso también tenía muchas cosas guardadas. Si Richy y sus amigos se hubieran enterado de que escribía sus ideas en una libreta, seguro que habrían intentado quitársela para reírse de él. *(Pensativa)* Tal vez por eso ni siquiera me lo dijo a mí. *(Pausa)* No pude resistir la tentación. Esa misma noche empecé a leer. *(Angustiada)* ¿Por qué nadie hizo algo? ¿Por qué nadie se dio cuenta de lo que iba a pasar? *(Se retuerce la manos temblorosa)* La tarde anterior, Richy le había obligado a comer tierra. Suso lo dejó escrito en las últimas páginas del diario. Lo que más le dolía era no haber sabido defenderse y tener que soportar cómo el resto de la pandilla se reía mientras le tenían agarrado del cuello. Había muchas cosas que yo no sabía o que él no se había atrevido a contarme. *(Lee en el diario)* «Mi padre dice que los cobardes mueren muchas veces antes de morir». A Suso le horrorizaba que su padre pudiera pensar que era un cobarde, por eso no contaba en su casa nada de lo que le ocurría. *(Abre la libreta y busca una cita)* También escribió otras cosas en esas últimas páginas que nunca hubiera querido leer. *(Pasando sus dedos por algunas líneas del texto mientras lee en voz alta)* «¿Qué se puede hacer cuando nadie te ve, cuando te has convertido en un ser transparente para todos, excepto para aquellos que te maltratan? Allí había otros que miraban pero no veían lo que estaba ocurriendo. Eran simples espectadores, cómplices silenciosos de aquellas canalladas. *(Pausa)* Ellos también sienten miedo de ayudar a un compañero porque mañana se pueden convertir en las próximas víctimas. Seguro que deben de pensar: mientras van a por otro, no irán a por mí. ¿Qué se puede hacer cuando el placer de una persona consiste en destrozar a otra, en romperla, en machacar todas sus ilusiones? ¡Qué se puede hacer! Quise arrancar la mancha roja que quedó delante de mis ojos cuando se cansaron de divertirse conmigo. Pero no pude. Cuando llegué a casa apreté muy fuerte la cabeza entre mis manos, pero la cortina roja no desaparecía, seguía ahí, gritándome no sé qué cosas horribles. Mi boca olía a tierra, mi cuerpo olía a tierra, mi alma olía a tierra. *(Pausa)* Papá no soy un cobarde, te prometo que no lo soy».

ELENA parece impresionada por las palabras de Suso. Sus manos tiemblan. Continúa leyendo para sí. Inesperadamente, sus ojos se detienen en algún punto del texto.

Elena:

¿Por qué tuviste aquellos pensamientos? Yo estaba ahí. Me tenías a mí. Hubiéramos luchado juntos, aunque yo fuera tan miedosa. ¿Te acuerdas de lo que te decía para darte ánimos? Juntas, dos personas extrañas, terminan siendo menos extrañas. Debiste alejar todas las ideas que

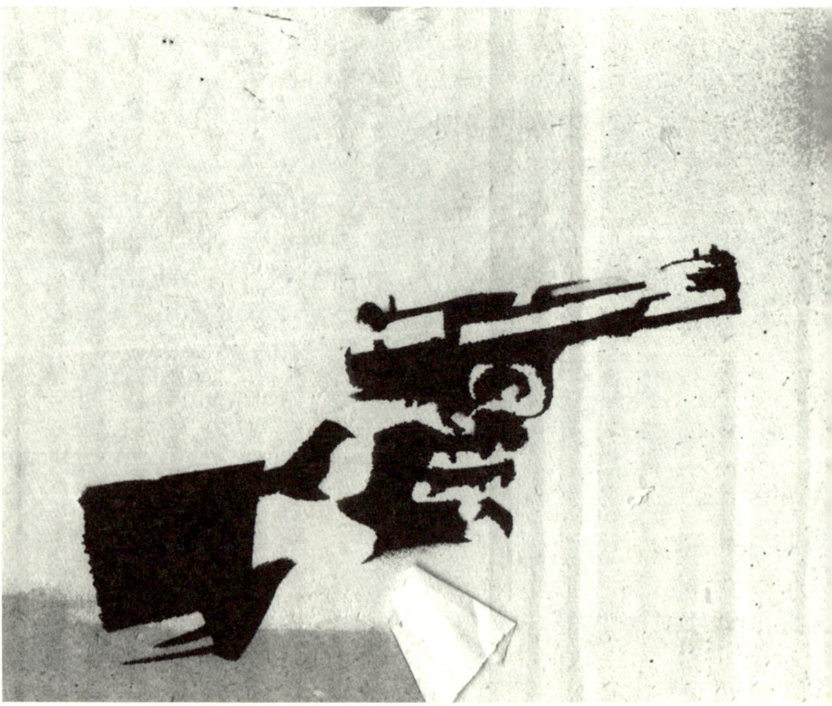

aquella tarde te vinieron a la cabeza. Si no hubiera existido aquel día... *(Su rostro se convulsiona, como si estuviera a punto de presenciar una tragedia)* ¡No, Suso, no...! ¡No!

Un disparo seco invadirá con su estruendo cada rincón del espacio escénico.

Escena XV

El eco del disparo seguirá sonando por unos instantes. Las figuras de los personajes permanecen estáticas en la penumbra.

Lentamente, la luz irá subiendo de intensidad para concentrarse en uno de los laterales, por el que aparecerá PAULA *y* CÉSAR, *una pareja de unos cuarenta años. Visten de riguroso luto. Se mueven con lentitud. Ella camina, con la mirada huidiza. Los presentes se levantan y se dirigen hacia los recién llegados.* MARTÍN *queda rezagado, intuimos su azoramiento ante la situación que inevitablemente va a producirse.*

KAREN:

En nombre de la Consejería de Educación y en el mío propio, quisiera expresarles nuestro más sentido pésame.

PAULA:

Gracias.

Rosa:

Todos los padres del instituto estamos desolados.

César:

Se lo agradecemos.

Rosa:

Cualquier cosa que necesiten…

Martín tiende su mano a César, pero este la rechaza. La madre lo observa con un gesto de resentimiento. La tensión entre ellos se hace evidente.

Paula:

(Con voz apagada) Solo tenía dieciséis años. Eran los mejores años de su vida. Le quedaban tantas cosas por descubrir… *(Musitando)* Nos lo han quitado, nos lo han quitado.

Karen:

Todo lo que podamos hacer desde la consejería…

César:

Anoche llegó al hospital un psicólogo enviado por ustedes. *(Lacónico)* ¿Era para él, o para nosotros? Nuestro hijo ya había dejado de necesitarlo.

Karen:

(Disculpándose torpemente) Lo siento, pensamos que… Se suele hacer en casos similares.

CÉSAR:

Lo llaman *equipos de apoyo*, ¿verdad? Suelen llegar cuando ya es demasiado tarde.

PAULA:

Tenían que haber previsto un hecho así. La obligación de los centros educativos es realizar un seguimiento de los alumnos conflictivos.

MARTÍN:

El responsable de lo ocurrido no lo era, nunca lo había sido. Nadie pudo evitarlo. Los hechos no ocurrieron en el instituto.

CÉSAR:

Qué nos importa dónde ocurrieran, lo que nadie puede negar es que el odio se gestó dentro de las aulas, a la vista de todos ustedes.

ROSA:

Aunque hubiera enemistad entre ellos, ¡cómo se pudo llegar a un desenlace tan terrible!

PAULA:

Mi hijo no tenía enemigos.

CÉSAR se dirige a MARTÍN con gesto duro. Se oprime las manos, como si intentara contener una explosión de rabia.

CÉSAR:

Ustedes se equivocaron. No, el provocador no era mi hijo Richy, claro que no lo era. Los hechos han demostrado que él fue la víctima y no el verdugo, pero en aquella ocasión ustedes nos llamaron para decirnos que nuestro hijo había agredido a un pobre chico que hoy se ha demostrado que es... *(Propinando una patada a la mesa con inusitada agresividad)* ¡¿Cómo pudieron estar tan ciegos?! ¡¿Cómo?! *(Amenazante)* Pero las cosas no van a quedar así, les prometo que no van a quedar así.

MARTÍN:

(En voz baja, pero serena) Nosotros cumplimos con nuestro deber. Ante un comportamiento incorrecto por parte de un alumno, nuestra obligación era informar a su familia. Es lo que hacemos siempre que ocurre un hecho de esta naturaleza, cumplimos, comunicándoles lo ocurrido. Es lo que solemos hacer cuando tiene lugar algún acontecimiento... *(dudando en el calificativo)* irregular.

CÉSAR:

Entonces, ustedes lo calificaron de *violento*.

PAULA:

(Intentando calmar a su esposo) Por favor, César, ya tendremos tiempo de...

CÉSAR:

Vamos a demandar al instituto por no haber detectado en sus aulas a un asesino.

MARTÍN:

Nadie hubiera podido detectarlo. Un instituto no es un reformatorio, ni una cárcel, ni una unidad de vigilancia médica.

PAULA:

(Con energía a pesar de su voz desfallecida) Sí lo pudieron hacer. Por lo visto había antecedentes. Todos los amigos de nuestros hijos decían que ese chico era muy extraño. No se juntaba con los demás, tampoco salía con chicas, y eso en un muchacho de su edad es muy extraño. Durante el recreo se sentaba en un rincón y observaba a sus compañeros con una mirada hosca y desagradable. Irritaba a todos con su pasividad, con su falta absoluta de solidaridad.

MARTÍN:

Era un chico tímido. Yo lo tuve en mi clase el curso pasado.

CÉSAR:

Con nuestro hijo no lo fue. Un chico tímido no hace lo que él hizo.

MARTÍN:

(Moviendo la cabeza en señal de incertidumbre) Tiene que haber otras razones, tiene que haberlas.

CÉSAR:

(Agresivo) No le voy a consentir que lance una sombra de duda sobre nuestro hijo.

ROSA y KAREN se muestran impresionadas con la violenta situación que se ha creado. Tímidamente, intentan calmar a CÉSAR.

ROSA:

Por favor, él no se ha referido en ningún momento a su hijo, hablaba en general.

KAREN:

Les apoyamos a ustedes, les apoyamos desde que tuvimos noticias de los hechos.

CÉSAR se enfrenta ahora con KAREN y MARTÍN sin deponer su ofuscada actitud.

CÉSAR:

¿Qué van a alegar: un rapto de locura, antecedentes familiares? Yo tengo otras causas: permisividad, falta de autoridad, dejación de sus funciones como educadores.

KAREN:

Cálmese, por favor, ya está en curso una investigación. Llegaremos a conocer las causas de lo ocurrido.

CÉSAR:

(Despectivo) No, no llegarán. Alguien se encargará de ensuciar la memoria de nuestro hijo. Dirán que se defendía violentamente cuando alguien le insultaba en el instituto. Yo le eduqué para que no se dejara avasallar, para que los otros no abusaran de él. La debilidad es el peor de los pasaportes para transitar por este mundo.

PAULA:

Era un magnífico muchacho lleno de vida y de ilusiones. Con nosotros era magnífico: cariñoso, amable, generoso.

ROSA:

Para cualquier familia tiene que ser horrible pasar por algo tan doloroso. No quisiera estar en la piel de los padres del chico que hizo algo así.

PAULA:

No los compadezca, los padres de Suso también son responsables. ¡Cómo se puede tener un arma cargada en casa! ¿Qué padres dejarían una pistola al alcance de su hijo?

ROSA:

El padre era militar. El chico debió de quitársela. En cualquier caso, deben de estar destrozados.

CÉSAR:

¿No pretenderá que me ponga en su lugar? Bastante tengo con mantenerme sereno en el mío.

ROSA:

(Intimidada) Perdone, no quería molestarle. Comprendo su dolor, cómo no voy a comprenderlo.

MARTÍN habla con la mirada perdida, como si en lugar de dirigirse a sus interlocutores intentara establecer un monólogo interior.

MARTÍN:

Si fuera tan sencillo establecer las responsabilidades, si pudiéramos librarnos de la parte de culpa que a cada uno nos corresponde...

CÉSAR:

(Burlándose de MARTÍN) Hermosas palabras propias de un profesor de Filosofía, lo malo es que ya no tienen ningún sentido porque nadie nos va a devolver a nuestro hijo, por más que usted esté dispuesto a admitir lo que su conciencia, tal vez, le está pidiendo a gritos.

MARTÍN:

Si pudiéramos saber lo que ocurrió...

César:

(Provocador) ¿Tendría entonces justificación la muerte de nuestro hijo?

Martín:

No, simplemente entenderíamos qué pasó por la mente de un adolescente para cometer un acto tan destructivo para todos nosotros. No se pueden corregir los hechos negativos sin antes conocer sus causas.

La luz desaparece de esa zona del escenario.

Escena XVI

Se ilumina la figura de ELENA.

ELENA:

Suso no apuntó nada en su diario que hiciera presentir un final tan horrible. Ayer por la tarde algo tremendo debió de pasar por su cabeza. Cogió la pistola de su padre y se dirigió al polideportivo, allí esperó la salida de Richy y disparó contra él. Luego cogió su bicicleta y desapareció. *(Apesadumbrada)* No creo que tuviera decidido lo que luego hizo, él no era así. *(Con agobio)* Me hubiera dado cuenta a tiempo. Habríamos hablado como lo hacíamos siempre. No es posible. Todavía ahora me resulta difícil hacerme a la idea de que esto haya ocurrido. *(Abre el diario por el final)* En la última página de su diario había una hoja doblada. Era como una carta, pero no tenía fecha ni destinatario. Suso la había escrito, pero no me he atrevido a leerla hasta ahora. *(Desdobla la hoja con sumo cuidado y comienza a leer)* «Me hubiera gustado contarte mucho antes todo lo que me ha pasado durante este curso. No quería disgustarte, ni forzarte a tomar una decisión que yo no he podido o no he sabido asumir. ¿Sabes?, me daba vergüenza hasta reconocer todo el dolor que he sentido. Jamás pensé que se pudiera provocar tanto daño a una persona sin que esta pudiera hacer nada por evitarlo. Lo peor no han sido los insultos, ni las humillaciones, sino los golpes dentro de mí, darme cuenta de cómo han conseguido que sienta desprecio por mí mismo. No es fácil aceptar que nadie en el mundo te necesita, cuando a ti, en cambio, te hacen falta todos». *(ELENA levanta la vista del papel y musita emocionada)* Yo sí te necesitaba, Suso, yo si te necesitaba. *(Muy lentamente, vuelve a la lectura de la carta)* «Ir al instituto cada mañana se convirtió en una pesadilla. Una pesadilla que día a día se hacía más y más insoportable. Me siento absolutamente vacío, como si alguien hubiera extraído todo lo que me hacía ser persona. Me estoy ahogando dentro de mi propio cuerpo, como si hubiera caído en una de las peceras del acuario y me resultara imposible salir a la superficie. Me había propuesto contarte todo lo que ha ocurrido durante este curso, pero es inútil. Te prometo que no me quedan fuerzas para entregar nada, porque ya no me queda nada. ¿Cómo se puede vivir así, papá? ¿Para qué seguir adelante? Perdóname por no haberme atrevido a contártelo todo».

ELENA vuelve a doblar cuidadosamente la hoja y de nuevo la coloca en la última página del diario, el cual cerrará muy lentamente. Durante algunos instantes su mirada quedará perdida. Habla de una manera mecánica, como si se hallara completamente ausente.

Encontraron la bicicleta de Suso al borde del acantilado. Dos barcas lo han buscado durante todo el día sin ningún resultado. Dicen que, con los cambios de marea, las olas echarán el cuerpo a la costa. Cuando pase todo, iré al acuario de Suso a decirles a sus amigos los peces que él ya no volverá. *(Larga pausa)* Todo el mundo cree que los años jóvenes son los más hermosos de

la vida, pero para nosotros no lo fueron, de verdad que no lo han sido. *(Con lágrimas en los ojos, tras unos instantes de absoluta inmovilidad)* ¿Cómo podríamos haber evitado que esto ocurriera?

La luz va descendiendo lentamente hasta producirse el oscuro total.

FIN

Sugerencias

Como habréis comprobado, la obra es muy fácil de montar. Obviamente, se puede representar en un teatro, pero también en el salón de actos de vuestro centro escolar, en un aula, en el gimnasio o en cualquier local que permita albergar a los espectadores que deseéis invitar a presenciar a la función. Los elementos escenográficos son mínimos: cinco o seis sillas, una mesa, algunas flores y un libro de firmas. No se necesita un vestuario especial, ya que los protagonistas deberán lucir las prendas que utilizan en su vida cotidiana.

Los personajes los podéis representar vosotros mismos, pero también existe la posibilidad de que invitéis a algún adulto a que se incorporara al montaje de *El último curso*. Si en la dirección de la obra os ayuda un profesor, él podría meterse en la piel de Martín; si se trata de una profesora, ella estaría en condiciones de encarnar a Rosa o a Karen. Todo depende de que les apetezca sentirse actores por un día.

Suponiendo que algunos diálogos os parezcan demasiado difíciles de interpretar, con la ayuda de vuestro profesor o profesora de Lengua los podéis sintetizar o acortar, siempre que conserven la esencia y el estilo de lo que nos transmiten los diferentes personajes de la obra.

Siempre he pensado que resulta muy efectivo que vosotros mismos intentéis escribir y representar historias creadas con las ideas de todos, ya que de este modo los adultos conoceríamos un poco mejor cuáles son los temas que os preocupan y de qué forma os apetece contarlos sobre un escenario. Los profesores o profesoras de Lengua os pueden ayudar a confeccionar el texto final a partir de vuestras aportaciones. Nos encontraríamos así ante una obra colectiva, es decir, escrita con la colaboración de todos.

En el caso de que *El último curso* os resulte de interés, os propongo la siguiente actividad: reescribir los hechos que se narran en la obra a partir de vuestros puntos de vista, sentimientos y experiencias personales. Se trataría de realizar una reelaboración literaria que os permita narrar hechos reales o imaginarios relevantes para mostrar vuestra postura con respecto a cualquier tipo de violencia.

Si no se os ocurre cómo empezar, os sugiero que comencéis dando respuesta a la frase de Elena con la que concluye la obra: «¿Cómo podríamos haber evitado que esto ocurriera?».

Índice

Otros títulos publicados
en la colección
Sopa de Libros · Teatro

El árbol de Julia
Luis Matilla
Ilustrado por Irene Fra

La ciudad de Gaturguga
José González Torices
Ilustrado por Ximena Maier

La caja de música
Alfonso Zurro
Ilustrado por Claudia Ranucci

Manzanas rojas
Luis Matilla
Ilustrado por Federico Delicado

Tira-tira o La fábrica de tiras
Agustí Franch Reche
Ilustrado por Teresa Novoa

Se suspende la función
Fernando Lalana
Ilustrado por Enrique Flores

Animaladas
Rafael Alcaraz
Ilustrado por Javier Olivares

Dora, la hija del sol
Carmen F. Villalba
Ilustrado por Tae Mori

¿Es tuyo?
Pep Albanell
Ilustrado por Enrique Flores

Au revoir, Marie
Tina Olivares
Ilustrado por Federico Delicado

Barriga
Juanluís Mira
Ilustrado por Noemí Villamuza

El chip experimental
Ignasi García Barba
Ilustrado por Ximena Maier

Sumergirse en el agua
Helena Tornero
Ilustrado por Irene Fra

Descubriendo, que es gerundio
Alberto Iglesias
Ilustrado por Javier Olivares